La fée mère

René Pillot

La fée mère

Théâtre
l'école des loisirs
11, rue de Sèvres, Paris 6e

Dans la même collection

Ah ! Anabelle, Catherine Anne
Le roi du poulpe et de la sardine, Edwige Cabelo
Le pont de pierres et la peau d'images, Daniel Danis
Contre toute attente, Corinne Fleurot
Un cheval en coulisses, Françoise Gerbaulet
À cause de la cheminée, Guillaume Le Touze
Les crocodiles ne pleurent plus, Guillaume Le Touze
C'est qui le monsieur? Arnauld Lisbonne
Les souliers rouges, Titiana Lucatini
Il faut tuer Sammy, Ahmed Madani
La Jeune Fille, le Diable et le moulin, Olivier Py
Drôles de zèbres, Brigitte Smadja

Loi n° 49.956 du 16 juillet 1949 sur les publications destinées à la jeunesse : avril 1997
Dépôt légal : avril 1997
Imprimé en France par Normandie-Roto à Lonrai

Personnages

Fiévrotte

La fée

Agathe

Le marchand

ACTE I

Scène 1

FIÉVROTTE - LA FÉE

FIÉVROTTE

Ah! je ne m'ennuie pas dans cette maison, fichtre non! Être la domestique d'une fée, ça peut étonner au début, mais on s'habitue, chibreli! Madame adore les farces, c'est une joyeuse. Rien à voir avec celles du haut, dans la montagne d'où je viens, celles des pierres à feu et des fontaines. Des pestes celles-là, toujours à combiner avec le diable ou autre bazar de même cageot. Tandis que ma petite fée, jamais elle ne pense à mal. Tout l'amuse, un peu trop peut-être... Enfin!

Entre la fée.

La fée

Ah ! Madame Fiévrotte, j'ai réfléchi.

Fiévrotte

Tiens !

La fée

Que penses-tu de mon état ?

Fiévrotte

...

La fée

Celui de fée ?

Fiévrotte

Boh ! Mieux vaut être au service d'une fée que de compter les étoiles en grelottant !

La fée

Qui te parle de toi ? C'est de moi qu'il est question.

Fiévrotte

Ah ! Madame me bouscule trop ! Si je lui

disais : mieux vaut être fée que chien battu, Madame serait satisfaite ?

LA FÉE

Non. Toujours tu me réponds par énigmes, à croire que tu as deviné mon ennui.

FIÉVROTTE

Oh là là ! Vous questionnez et répondez à la fois. Tout de même, si je m'attendais ! Et puis de quel ennui parlez-vous ?

LA FÉE

D'un grand bonheur qui me manque. Madame Fiévrotte, je veux un bébé, je veux être maman.

FIÉVROTTE

Chibreli, chibrela ! Avez-vous un bébé au moins ?

LA FÉE

Hélas non !

FIÉVROTTE

Madame a bien pensé, une fée avec un gros ventre et un chapeau pointu, ce n'est pas banal.

LA FÉE

Ça m'est égal. Je pars droit devant moi. Vite ! Madame Fiévrotte, mes bagages. Non, pas de bagages, j'improviserai.

FIÉVROTTE

(À elle-même) L'idée ne la lâche plus. Où est-elle donc ? Déjà sur le pas de la porte ! Que puis-je lui dire ? Ah ! ça !

LA FÉE

Voici la clé de la maison. Si tu t'ennuyais, parle toute seule comme tu le fais si bien.

FIÉVROTTE

(À elle-même) Je ne parle pas toute seule, je me réponds.

La fée

Ah ! le secret ! Comme tu le sais, Fiévrotte, je possède un coffre caché dans cette maison. Pendant mon absence, tu en seras la gardienne.

Fiévrotte

Saperlotte !

Madame ne peut-elle l'emmener ? Ce serait un joli sac de voyage pour une fée.

La fée

Non, je ne le peux pas. Rappelle-toi bien, il serait préférable de ne pas y toucher. Personne. Tu m'entends ?

Fiévrotte

J'entends, oui, j'entends. J'entends que ce coffre me donnera bien du souci.

La fée

Pourquoi, s'il te plaît ?

FIÉVROTTE

Je sais ce que je sais… même si je ne sais pas encore, voilà !

LA FÉE

Pour le reste, fais ce que tu crois bon. Cette maison est la tienne. Quand je reviendrai, je serai maman.

Elle l'embrasse, elle sort.

FIÉVROTTE

Effondrée, elle s'assoit. «J'improviserai.» Elle a dit : «j'improviserai». Un bébé, ça ne s'improvise pas. Et puis, je ne suis pas savante mais ce que je sais, je le sais bien. Rien n'y fait, une fée ne peut avoir de bébé. C'est un fait, on ne se refait pas.

Allons, je vais dormir, si le sommeil veut bien de mes soucis. Chibreli, chibrela ! Les jours à venir ne me disent rien qui vaille !

Elle sort.

Scène 2
FIÉVROTTE

La nuit.

Des nuages passent devant la fenêtre... Puis vient le matin.

Quelques jours ont passé.

Entre Fiévrotte en chemise de nuit et bonnet.

Fébrile, elle brandit une lettre et chausse ses lunettes.

On entend meugler la Barbaude.

FIÉVROTTE

À la cantonade, à l'intention de la Barbaude. Mais oui, mais oui, ton veau va naître ! Toujours à chanter, cette Barbaude ! Chacun son tour. J'ai à faire avec ma fée. Elle m'a écrit, enfin !

Elle décachette la lettre.

Je tremble. Que m'annonce-t-elle ?

Voix de la fée.

LA FÉE

Chère Fiévrotte,

La meilleure façon d'avoir un bébé est de trouver un bel homme et de l'aimer très fort.

FIÉVROTTE

Chibreli, chibrela ! Un homme, bien sûr ! La grande nouvelle que voilà ! Elle doit tout apprendre !

Meuglements de la Barbaude.

Silence !

Elle reprend la lecture de la lettre.

LA FÉE

Comme tous les princes charmants sont occupés dans les contes, j'ai voyagé au hasard, puis je me suis arrêtée dans un grand port. Tu sais, Fiévrotte, c'est joli un port. Il y a des odeurs du monde entier. Quelquefois la tête me tourne. Oh ! rien de grave. Tout ça est tellement nouveau. Et puis, je n'ose pas trop me montrer. Je me sens différente des autres.

FIÉVROTTE

Je l'avais prévenue.

LA FÉE

As-tu déjà vu des marins descendre d'un bateau ?

FIÉVROTTE

Non, la mer ça bouge trop. Moi, je vogue entre les poireaux, le balai et une fée toquée ! Des bateaux, des marins ! Ohhh !

LA FÉE

Ils sautaient et criaient sur le quai avec des bagages de toutes les couleurs. Plein de monde les attendait.

FIÉVROTTE

On attend toujours les marins, pas les fées !

LA FÉE

Même les mouettes s'agitaient.

Meuglements de la Barbaude.

FIÉVROTTE

Les mouettes, pas les vaches !

LA FÉE

Ça s'embrassait aussi.

FIÉVROTTE

Il n'y a pas de mal à ça.

LA FÉE

Certains faisaient tourner leurs biceps, secouaient des vieilles mamans joyeuses, arrachaient du sol des jeunes filles. Apeurée, j'allais partir. Mon cœur me retint.

FIÉVROTTE

Déjà le cœur est pris ! Comme ça !

Meuglements de la Barbaude.

Barbaude, je perds le fil.

LA FÉE

Assis sur un grand sac, un marin m'a lancé un sourire. Un sourire un peu triste, puis un autre encore plus triste.

FIÉVROTTE

Est-il de bonne famille au moins? Il y a des pirates dans la marine!

LA FÉE

Mon cœur se mit à frapper si fort que je murmurai: «entrez». Et il entra, doucement. Je tremblais, Fiévrotte, si tu savais.

FIÉVROTTE

J'imagine, allez, j'imagine! Un sourire de marin!

Meuglements de la Barbaude.

Ma fée roucoule, pas toi!

LA FÉE

Il me dit que j'étais la plus belle. Ne

sachant que répondre, je lui dis en retour qu'il était le plus beau. Beaucoup de compliments comme celui-là firent l'aller et retour.

FIÉVROTTE

Bon, bon, bon !

LA FÉE

Hélas, ma bonne Fiévrotte, à l'heure où tu me liras, j'aurai repris mon voyage.

FIÉVROTTE

Chibreli, chibrela ! Que lui arrive-t-il ?

LA FÉE

Ma bonne Fiévrotte.

FIÉVROTTE

Fiévrotte par-ci, Fiévrotte par-là ! Oh là là !

LA FÉE

J'imagine que tu t'énerves, comme je te comprends.

FIÉVROTTE

Pas du tout ! J'attends la suite.

LA FÉE

Sans doute as-tu remarqué que je garde toujours sur la tête un chapeau pointu. Ça n'est pas de la coquetterie mais de la prudence.

FIÉVROTTE

Elle s'acharne sur son bonnet de nuit. Nom d'un petit pois ! Une histoire de chapeau maintenant ! Ça n'est pas compliqué, on le retire, on le pose, on le reprend, on l'enfile, on le retire à nouveau, on l'enfonce jusqu'au nez, il n'y a pas grand embarras à cela.

LA FÉE

Ce n'est pas si simple, Fiévrotte. Ce chapeau ne doit surtout pas quitter ma tête. Il est magique.

FIÉVROTTE

Magique !

LA FÉE

Magique. Sans lui, je suis trop légère. Au moindre souffle, je m'envole.

FIÉVROTTE

Que Madame est compliquée !

LA FÉE

Malgré moi, Fiévrotte, malgré moi.

FIÉVROTTE

Et le marin dans tout ça ?

LA FÉE

Après le premier baiser, il me pria d'ôter ma coiffe, ce que je fis. Ainsi libérée, je m'envolai. Devine où ? Sur l'armoire.

FIÉVROTTE

Hein !

LA FÉE

Oui, sur l'armoire. Le beau marin alors prend peur, perd ses sourires et se précipite sous le lit. Quant à moi, je me chapeaute de nouveau et lève l'ancre, abandonnant à quai mes illusions et mon beau marin de Nantes.

FIÉVROTTE

Une fée poids plume qui doit obéir à un chapeau, la pauvrette!

LA FÉE

Je suis triste, Fiévrotte, mais je trouverai la solution, car je te le répète, je ne veux plus être une fée mais une maman comme tout le monde.

FIÉVROTTE

Ça la tient vraiment! Mais qui l'aidera ma pauvre fée follette? Qui? Le ciel lui-même ne sait pas tout ce qu'il éclaire!

Meuglements de la Barbaude.

Et celle-là, à mettre bas en veux-tu, en voilà! J'arrive, chibreli! Et cesse de geindre, crâneuse! Tu ne t'envoles pas sur les armoires à la vue d'un taureau, toi!

Elle sort.

ACTE II

Des mois ont passé.

Scène 1

FIÉVROTTE - LE MARCHAND

FIÉVROTTE

Le printemps. Il est là à danser autour de la maison. Mais je ne le vois pas, je n'ai plus le goût. Ma petite fée n'écrit plus. Je me traîne, je rêvasse. Je parle à mes sabots le jour et à mon bonnet la nuit.

On frappe à la porte. Fiévrotte va ouvrir. Entre le marchand.

LE MARCHAND

Bien le bonjour, Madame Fiévrotte. Alors, les nouvelles ?

FIÉVROTTE

Boh ! L'air chauffe les autres. Entre... La Barbaude a libéré son petitou. Déjà elle flaire le taureau. Les papillons s'agitent. Je te vois... Grand merci pour ta visite. On voudrait me faire croire que les beaux jours reviennent...

LE MARCHAND

C'est bien ce que j'ai pensé, un peu de compagnie vous ferait plaisir.

FIÉVROTTE

Tiens donc ! Tu as deviné ça, gros malin !

LE MARCHAND

Eh oui, même que c'est une bonne idée qui m'est venue.

FIÉVROTTE

Faut voir. Ne me bonimente pas, hein ! Je suis économe, je ne suis pas d'humeur et je vis de peu. Dis toujours.

LE MARCHAND

Deux lapins blancs et un noir dont personne ne veut.

FIÉVROTTE

Des lapins ! Les pauvres, ils s'ennuieront.

LE MARCHAND

S'ennuyer ! Ça n'a pas le temps. C'est que ça se reproduit ces bêtes-là. Surtout que la femelle est sacrément gaillarde.

FIÉVROTTE

(À elle-même) Ah ! si Madame avait quatre pattes et de grandes oreilles, mais non, c'est une fée avec un chapeau pointu !

LE MARCHAND

Dans quelques semaines, vous serez grand-mère d'une colonie de lapins!

FIÉVROTTE

Est-il bête, celui-là! Bon, va pour les lapins et file avant que je change d'avis.

LE MARCHAND

Peut-être bien que je repasserai à la Saint-Jean dire un petit bonjour. Faut être poli avec les grands-mères.

FIÉVROTTE

C'est ça, c'est ça! Quel bavard! La prochaine fois, je n'ouvrirai pas.

Elle se précipite pour fermer la porte.

Scène 2

FIÉVROTTE - LA FÉE

Apparaît la fée avec un panier.

LA FÉE

Madame Fiévrotte, puis-je entrer?

FIÉVROTTE

Chibreli, chibrela! Madame me surprend comme un jeune merle s'ébouriffant!

LA FÉE

Ah! Fiévrotte, Fiévrotte! Je suis folle de joie, si tu savais.

FIÉVROTTE

Fichtre non! Je ne sais pas. Qu'est-ce qui bouge, là, dans ce panier?

La fée

Un bébé !

Fiévrotte

Bien frais et bien vivant ? Madame a réussi ! Saperlotte !

Elle pèse le panier. C'est au moins quatre kilos de joyeuseté que vous ramenez là.

La fée

As-tu vu sa mine ? Du premier choix comme on dit dans les grands magasins du vaste monde.

Fiévrotte

On dit ça ? Ah bon ! Attendez que je détaille mieux. Il ressemble à... à... à... Bête que je suis ! Pourquoi chercher une ressemblance ?

(À elle-même) Pourquoi me tire-t-il la langue ?

La fée

Oui, pourquoi ! Je te présente un très joli bébé, un vrai, et sans chapeau pointu !

FIÉVROTTE

Tu as faim, mon croquetout, il y a du lait frais de la Barbaude ! Madame est donc mariée. Monsieur peut venir, je me pousserai bien un peu, allez !

LA FÉE

Il n'y a pas de mari, Fiévrotte. J'ai trouvé cet enfant dans un champ d'orties.

FIÉVROTTE

Un champ d'orties ! Quelle friction !

LA FÉE

Le pauvre hurlait. C'est que la peau de bébé émoustille la mauvaise herbe.

FIÉVROTTE

(À elle-même) Ça ne me plaît guère. Herbe qui chante, sorcière qui hante ! Voilà ce qui se dit.

(À la fée) Un champ d'orties ! Ce n'est pas une sorcière qui vous aurait abusée ?

LA FÉE

Comme tu es démodée, Fiévrotte ! Les sorcières c'était avant, quand les vieux s'amusaient à faire peur pour que les enfants ne dépassent pas le portail de la maison. Tout cela n'existe plus. Vive la jeunesse ! As-tu vu comme la terre tourne ? Eh bien pour être une maman comme les autres, il faut tourner avec ! Ce bébé sera donc mon enfant.

FIÉVROTTE

Vous avez raison. C'est quelques malheureux qui l'auront abandonné là pour qu'il pleure beaucoup et qu'une bonne âme le recueille.

LA FÉE

J'ai trouvé un bébé, tu découvres une maman ! Vite de la laine. Je tricote ! Car une maman, ça tricote, Fiévrotte.

FIÉVROTTE

Eh ?

La fée

Une maman, ça tricote.

Fiévrotte

Avez-vous des aiguilles ?

La fée

Non ! Il me faudra y penser. Du lait ! Le lait est bon pour les enfants. Allez, Fiévrotte, allez ! Ne vois-tu pas que ce bébé réclame ?

Fiévrotte

Il dort.

La fée

Tu crois ?

Elle regarde dans le berceau.

Et alors ? Mieux vaut prévoir. Te voilà informée. Il faut toujours prévoir. Je prévois. As-tu pensé au berceau au moins ?

Fiévrotte

Le temps n'a pas manqué. Même si je ne

croyais plus guère à ce bébé, j'ai prévu. J'ai rafistolé le dedans d'un vieux coffre de mariage, la farinette y sera bien.

LA FÉE

Du rafistolage pour mon bébé ?! Nous achèterons douze berceaux.

FIÉVROTTE

Douze !

LA FÉE

Qu'y a-t-il là d'extraordinaire ? Sais-tu que j'ai vu une maison de quinze étages avec plus de deux cents lits ?

FIÉVROTTE

Un hôpital, un hôtel ? Oui et alors ? Bien sûr, ça existe.

LA FÉE

Tu vois, je n'invente rien, et cesse de sursauter à chacun de mes désirs. Voudrais-tu que ce bébé étouffe dans un berceau trop petit? Un bébé ça grandit, oui ou non?

FIÉVROTTE

Oui. Madame veut changer la pointure du berceau comme les chaussures, c'est ça.

LA FÉE

Les chaussures, j'allais oublier.

FIÉVROTTE

Non, non. Pour ce bébé je n'ai prévu ni sandales, ni sabots, ni bottes, ni cordonnier, ni maréchal-ferrant!

LA FÉE

Crois-tu qu'il allait naître sans pieds, Fiévrotte? Tu me navres.

FIÉVROTTE

Chibreli!

LA FÉE

Cette maison est triste. Des fleurs manquent.

FIÉVROTTE

Elles sont au jardin comme d'habitude.

LA FÉE

Fais-les entrer. Rien n'est trop beau pour ce bébé. Et le poêle ?

FIÉVROTTE

Le poêle ?

LA FÉE

Veux-tu que cet enfant ait froid ?

FIÉVROTTE

L'été approche.

LA FÉE

Tu es sûre ? Ah ! dis-moi, qu'as-tu prévu pour ses bouillies ?

FIÉVROTTE

Quand il réclamera, j'aviserai.

LA FÉE

Que dis-tu ? Avec ton expérience ! Ne pas préparer le menu de cet enfant à l'avance ! Toutes tes idées sont à revoir, Fiévrotte, toutes, je le crains.

FIÉVROTTE

Bah ! des bouillies, c'est des bouillies, chibreli ! Il n'y a pas à réfléchir longtemps.

LA FÉE

C'est important les rôtis.

FIÉVROTTE

Les bouillies.

LA FÉE

Bouillies, rôtis, mêmes choses. Enfin, Fiévrotte, je suis une vraie maman ! Et une vraie maman qui sait tout ce que tu me dis là et même plus. Tiens, et les berceuses. Parle-moi des berceuses. Mais non, pas un mot sur les berceuses. C'est une faute, encore une. Car enfin, tu ne me dis rien d'original sur la façon d'élever un enfant. On sent que tu dates. Oui, oui, oui !

FIÉVROTTE

Les berceuses !

LA FÉE

Serais-tu niaise de surcroît, Fiévrotte ? Pour endormir un bébé, il faut chanter des berceuses.

La fée chante à tue-tête un air d'opéra.

FIÉVROTTE

Plus bas, plus doux, moins...

LA FÉE

(S'arrête, agacée) Ah zut ! C'est de l'opéra tout de même !

Elle chante à nouveau.

FIÉVROTTE

À crier trop, les araignées tomberont sur l'enfant. À moins que Madame veuille que je grimpe dans les toiles pour les chasser avant.

LA FÉE

De l'esprit maintenant ! Sache que tu ne dois dire devant les enfants que des choses raisonnables. Sinon ils s'égarent.

FIÉVROTTE

Ah !

LA FÉE

Mais le temps passe, passe, et nous le perdons. Je sors un peu car j'ai à faire, une mère a toujours à faire.

FIÉVROTTE

Surtout que Madame a plein d'idées.

LA FÉE

Bien sûr ! Je te répète que j'ai vu le monde,

Fiévrotte. Crois-moi, les mères modernes ne perdent pas de temps, elles ont le sens pratique.

Elle sort.

FIÉVROTTE

(Regarde la fée qui est sortie, puis à elle-même) Chibreli, chibrela ! À elle, l'enfant, à moi les embarras. Ne l'avais-je pas dit... être la domestique d'une fée, ça peut étonner... mais on s'habitue... ? Ça, faudra voir, oui faudra...

ACTE III

Des années ont passé.

Scène 1

FIÉVROTTE - LA FÉE

FIÉVROTTE

Cette enfant est une petite peste. Elle a le sourire en dessous et me tire encore la langue. Tout cela ne me plaît guère. Sa fourchette à trois dents plante trop vite les papillons au mur.

LA FÉE

Veux-tu qu'elle mange salement avec le cuilleron pour la soupe et une pointe de couteau pour le fromage, à l'ancienne ?

FIÉVROTTE

Il n'y a pas que les papillons.

LA FÉE

Quoi encore? Les filles de notre temps sont agressives.

FIÉVROTTE

Elle est votre fille après tout, élevez-la comme bon vous semble, mais je vois ce que je vois! Le fond attache comme les mauvaises sauces. Le dirai-je à Madame? Quelquefois j'ai peur.

LA FÉE

Me reproches-tu les tartines beurrées, les beaux fruits, les gâteaux? Es-tu envieuse de ses sourires à mon égard? Ce bonheur que je lui donne me remplit de joie, et telle que tu me vois, je suis tout à fait satisfaite.

FIÉVROTTE

Madame ne sait pas tout, Madame ne veut pas savoir, Madame rêve.

LA FÉE

Et toi, tu m'ennuies à voir le mal partout.

Meuglement de la Barbaude.

Ah! La Barbaude! Encore un veau pour bientôt. Décidément il n'y a que des mamans ici.

Elle sort.

FIÉVROTTE

Je n'ai rien dit, à quoi bon. Je voulais lui parler des lapins. Ils ne se comptent plus, sauf le noir, le bizarre. Il avait disparu et je l'ai retrouvé cette nuit. Un grand cri m'a réveillée suivi d'un plus petit, presque un miauli de chat. Apeurée, j'ai allumé toutes les bougies et regardé partout. Sous mon lit. Oui, le lapin noir y était, sous mon lit. Le petitou respirait à peine. Entre les poils il y avait trois petits trous, ceux d'une fourchette à trois dents... J'ai fait trois pansements. Demain, il sera guéri. Voilà ce que je n'ai pas dit à Madame, elle ne m'aurait pas crue. Je bouillonne trop. Le moment est venu d'avoir une discussion avec cette demoiselle.

Scène 2

FIÉVROTTE - AGATHE

FIÉVROTTE

Agathe !

AGATHE

Tu m'as sonnée, chibreloque !

FIÉVROTTE

Tu as voulu tuer le lapin noir.

AGATHE

Non, ce n'est pas moi. Et pourquoi irais-je choisir ce lapin ? Personne ne s'intéresse à lui et il sent mauvais.

FIÉVROTTE

J'ai vu les marques de la fourchette.

Agathe lui tire la langue.

Le corbeau te la volera un jour.

AGATHE

Elle imite le corbeau et lui tire la langue trois fois de suite. Croa ! Croa ! Croa !

FIÉVROTTE

Trois coups de langue pour une fourchette à trois dents !

AGATHE

Tu n'as donc rien d'autre à faire que de m'ennuyer avec cet affreux lapin ? Qu'attends-tu ? Cours le rejoindre si tu l'aimes tant. Vieille lézarde !

FIÉVROTTE

Voyez comme elle s'agite. Que mon pauvre père se réveille si je mens, le coup de fourchette c'est bien toi.

AGATHE

Non !

FIÉVROTTE

Qui alors ?

AGATHE

Je dis, je dis pas ?

FIÉVROTTE

Qui ? *(À elle-même)* Va-t-elle avouer ? Aurait-elle des remords ?

À Agathe doucement. Qui ?

AGATHE

Toi !

FIÉVROTTE

(À elle-même) Où trouve-t-elle des idées pareilles ?

(À Agathe) Ce n'est pas moi, tu le sais.

AGATHE

Prouve-le.

FIÉVROTTE

Oh ! J'enrage !

AGATHE

Tu n'es pas contente, hein ? Ça se voit. Toi aussi tu t'agites. Tu as de la colère partout. Dis, Fiévrotte, où l'as-tu trouvé ce lapin ?

FIÉVROTTE

Sous mon lit. Et ne va pas invoquer les farfadets ou autres diableries.

AGATHE

Sous ton lit, pas sous le mien.

FIÉVROTTE

Chibreli, chibrela !

AGATHE

(Sur le ton d'une comptine)
Oh ! comme c'est laid,
Elle tue des lapins,
La mère chibreli.

Quand vient le matin,
Elle dit que c'est moi,
La mère chibrela.

FIÉVROTTE

Menteries, menteries!

Agathe continue à fredonner la comptine.

Oh! La rage me vient!

(À elle-même) Fiévrotte, retiens tes besoins de mordre! J'explose! Je dévorerais ce tablier bout par bout!

Scène 3

LA FÉE - AGATHE - FIÉVROTTE

Entre la fée.

LA FÉE

Madame Fiévrotte, avez-vous la fièvre? Dévorer un tablier!

AGATHE

Comme les rats.

LA FÉE

Voilà un bien mauvais exemple pour notre demoiselle.

FIÉVROTTE

Ah bah ça! Ah bah ça!

La fée

Et que vous parlez fort aussi ! Tout le jardin en a sursauté. À votre âge, le sang bouillonne vite, prenez-y garde !

Fiévrotte

Moi, je bouillonne ? Moi, je bouillonne ? Eh bien oui, Madame, j'aime bouillonner.

La fée

Allons, Fiévrotte ! Une jeune fille a besoin de calme. Et puis, elle est encore une enfant, l'as-tu remarqué au moins ? À trop rabrouer, les épines sortent et n'en font qu'à leur tête. Voulez-vous qu'elle devienne capricieuse ?

Agathe

C'est quoi capricieuse ?

La fée

On le devient en l'absence d'une vraie maman.

AGATHE

Je proposais d'aider à ranger les couverts. Est-ce une bonne idée ?

LA FÉE

Excellente, ma fille. Être utile, voilà ce qu'elle souhaite.

AGATHE

Ah ! Je craignais de vous avoir fâchée.

LA FÉE

La petite vous aime beaucoup, Madame Fiévrotte.

AGATHE

Ça c'est bien vrai.

LA FÉE

Vous voyez !

FIÉVROTTE

Ah bah ça ! Ah bah ça !

AGATHE

Bonsoir maman.

LA FÉE

Bonsoir ma fille.

Agathe s'approche pour embrasser Fiévrotte.

FIÉVROTTE

Ne m'embrasse pas! J'ai la fièvre, le rhume, la gale, la peste, je sens le vieux courant d'air et je claque des dents comme les vieux loups.

AGATHE

Je penserai à vous, Fiévrotte, au moyen de guérir toutes ces maladies.

LA FÉE

Va dormir, ma fille, nous ne te demandons rien d'autre.

AGATHE

Bien, maman.

Très fière, la fée la regarde sortir.

LA FÉE

Et toi aussi, Fiévrotte.

FIÉVROTTE

Plus tard, ça bouillonne encore !

LA FÉE

Encore ! Fixe tes nerfs, Fiévrotte, fixe. Tu devrais être fière de moi et je te vois toute racornie, la mine pleine de reproches. Sais-tu que lorsqu'un miroir me voit passer, il ne me reconnaît plus ?

FIÉVROTTE

Pas étonnant, chibreli !

Agathe réapparaît.

AGATHE

Maman, ne disputez pas Fiévrotte. Si des cauchemars lui venaient, je serais bien triste.

Fiévrotte lui tire la langue.

LA FÉE

Entends comme elle te parle. Je t'accompagne dans ta chambre, ma fille. Et toi, trouve un nouveau tablier. Celui-là a souffert pour rien.

Elle sort.

Scène 4
FIÉVROTTE

FIÉVROTTE

Oh ! L'horrible menteuse ! L'épouvantable chipie ! Toute en sucre et en miel. Et la maman qui me sermonne ! Je te plumerai la tête, ma fille, et les ailes et le bec ! Elle avalerait un loup, la queue lui en sortirait de la bouche, qu'elle jurerait ne pas connaître cette bête !

Un temps.

Elle commence à dialoguer avec elle-même.

Fiévrotte, retourne te coucher, tu fermes tes paupières, tu dors.

Elle sort et entre à nouveau.

J'y vais, j'y vais ! Dormir ! J'entends mes

cheveux grisonner, craquer comme de la paille. Crapaud ! Limace ! Fiévrotte, cela suffit ! Au lit !

Elle sort puis revient.

Les humeurs, ça se vide comme les pots de chambre. Teigneuse ! Fouilleuse !

Fiévrotte, ça suffit ! Tu t'écoutes au moins ?

Bien sûr que je m'écoute.

Vieille radoteuse !

Hein ! Je m'injurie moi-même. C'est l'autre que j'entends quand je parle.

Fiévrotte, vas-tu cesser ? À ton âge, on se couche.

J'y vais. Oh ! elle m'embête cette Fiévrotte.

Vas-tu t'obéir ?

Oui, Fiévrotte. Bien, Fiévrotte. Tu as raison, Fiévrotte.

Elle sort, elle revient.

Vipère !

ACTE IV

Scène 1

LA FÉE - FIÉVROTTE - AGATHE

La nuit, l'activité des ombres est intense, puis le jour.

La fée entre précipitamment.

LA FÉE

Fiévrotte !

FIÉVROTTE

Qui m'appelle ?

LA FÉE

Moi. C'est moi qui te prie de descendre.

On entend des pas affolés.
Fiévrotte paraît, en bonnet et chemise de nuit.

Fiévrotte, je pars en voyage.

FIÉVROTTE

Encore !

LA FÉE

Je viens de te le dire. Économise-moi tes recommandations et ne me demande pas si mon absence sera longue.

FIÉVROTTE

Elle le sera ?

LA FÉE

Je ne sais pas.

FIÉVROTTE

Drôle de réveil ! Ça vous a pris comme ça ?

LA FÉE

Oui, oui, comme ça.

FIÉVROTTE

Bizarre! Un autre bébé que Madame va chercher?

LA FÉE

Non, il n'est pas question de cela.

FIÉVROTTE

Ah! bon... Un long voyage?

LA FÉE

Ça ne dépend pas de moi.

FIÉVROTTE

On prévient les gens.

LA FÉE

Tu l'es. Je te rappelle l'existence du coffre caché dans cette maison. S'il arrivait que quelqu'un glissât son doigt dans le trou de la serrure...

Fiévrotte

... Cette maison connaîtrait bien des malheurs. Madame m'a déjà prévenue il y a fort longtemps.

La fée

Eh bien, je te préviens à nouveau.

Fiévrotte

Quand Madame disparaît, je suis la gardienne du coffre. Je n'ai pas oublié. Oh! non!

La fée

Veille aussi sur ma fille.

Fiévrotte

Oh! oui, j'y veillerai, même la nuit, comme les chouettes.

La fée

Embrassons-nous et ne renverse pas mon chapeau.

FIÉVROTTE

Si Madame s'envolait encore sur l'armoire.

LA FÉE

Chut ! Pas un mot, la petite ignore tout, ne l'oublie pas. Adieu !

FIÉVROTTE

Sait-elle que Madame nous quitte ?

LA FÉE

Oui ! Adieu !

FIÉVROTTE

Madame n'a rien oublié au moins ?

LA FÉE

Rien. Adieu !

FIÉVROTTE

J'accompagne Madame jusqu'au jardin.

LA FÉE

Si tu le veux. Adieu ! Adieu !

FIÉVROTTE

Tout de même, je...

LA FÉE

Il y a urgence, Fiévrotte. Adieu!

FIÉVROTTE

Je porterai le sac de Madame jusqu'au chemin.

LA FÉE

Comme tu voudras.

Elles sortent.

Scène 2
AGATHE

Cachée sous la table, Agathe a tout entendu. Elle apparaît.

AGATHE

Cacadi, cacadoi ! J'ai tout entendu. Tout ! Il y a plein de secrets cachés ici. J'aime bien les secrets. Je n'aime pas qu'on me les cache. Petit doigt, dis-moi, que ferais-tu si tu étais moi ?

Elle écoute son petit doigt. Tu dors ? Je te piquerai ! Réponds ! Ne tremble pas, bêta ! Je ne suis pas sotte, si je te pique, nous aurons mal tous les deux.

Elle écoute à nouveau. « Surveille Fiévrotte. » Oui, je le ferai. Et pour le coffre, tu as entendu : « s'il arrivait que quelqu'un y glissât son doigt, cette maison connaîtrait bien des malheurs ». Lesquels, dis, petit doigt, lesquels ?

Elle écoute. « Glisse-moi dedans, tu verras bien. » Tu penses toujours ce que je veux. Je t'embrasse pour la peine. Non, pas encore. Avant, je trouve le coffre. J'ai un peu peur... J'aime bien. Après, je te donnerai le gros baiser. Tu es glacé, ma parole, rentre là, tu auras plus chaud.

Elle glisse son doigt dans son nez. Ne tremble pas, ça me grossit le nez ! Ah ! Où veux-tu que je cherche ? D'abord à la cave... Merci, doigt. Allons-y, cacadoi.

Elle sort.

Scène 3

Fiévrotte - Agathe

Entre Fiévrotte.

Fiévrotte

La maman est partie et mes colères aussi. Au travail ! Avant, je tartinerai une tranche de pain avec de la confiture de roses pour faire plaisir à la demoiselle. Doit-on ruminer toujours ?

Elle sort sans voir Agathe qui entre.

Agathe

Il n'y a rien à la cave, rien du tout. Même les araignées, elles s'embêtent. Cacadi, je cours au grenier.

Elle sort sans voir Fiévrotte qui entre.

FIÉVROTTE

Elle s'assied, une tartine à la main. Je vais l'attendre avec la tartine.

Entre Agathe. Elle parle à son petit doigt et ne voit pas Fiévrotte.

AGATHE

Montre-moi le vrai chemin et cesse de bouder, cacadoi. Tu me dois le respect, je suis plus grande que toi, petit doigt.

FIÉVROTTE

Je vois que tu t'amuses.

AGATHE

(À son doigt) Fais silence.

FIÉVROTTE

Veux-tu goûter?... Regarde!

AGATHE

Je parle à mon doigt.

Fiévrotte

Voilà qui est bien. Moi, vois-tu, quelquefois je parle à mon bonnet et quand il n'est pas d'accord, il me tombe sur les yeux. Mais j'ai mon caractère. J'en change, ça lui apprend. Comme toi, tu peux changer de doigt.

Agathe

C'est lui, pas un autre.

Fiévrotte

Écoute, cessons ces chamailleries et devenons amies. Essayons... Madame sera fière de toi. Imagine son contentement.

Agathe

Elle n'a pas besoin de moi pour être contente.

Fiévrotte

Que veux-tu dire ?

Agathe

Je me comprends.

FIÉVROTTE

Prends donc cette tartine. Veux-tu qu'elle se perde et attire les guêpes ?

AGATHE

Elle prend la tartine. Bon.

FIÉVROTTE

À la bonne heure.

AGATHE

Elle rend la tartine. Ça me revient, je n'aime plus la confiture.

Un temps. Elles s'observent.

FIÉVROTTE

Faut pas te forcer, je me régalerai bien à ta place. Avant, réponds à ma question : sommes-nous amies ?

AGATHE

Je me suis trompée, c'est bête, hein ? La confiture, j'aime bien.

FIÉVROTTE

Elle lui donne la tartine. Voilà une bonne nouvelle. Ma question ?

AGATHE

Et puis non, ça colle trop.

FIÉVROTTE

Mauvaise nouvelle.

Elle reprend la tartine et mord dedans. Elle est pourtant bonne.

AGATHE

Oh ! Voleuse ! Tu n'as pas le droit de manger la confiture, elle est à moi. Je te dénoncerai.

FIÉVROTTE

Tu as raison, prends donc ce qui t'appartient.

Elle lui écrase la tartine sur le nez. Mange tout, chibreli, chibrela !

AGATHE

Cacadi, cacadoi ! Au secours, tu m'étouffes !

FIÉVROTTE

Pas du tout, je gave une oie mal élevée.

AGATHE

Arrête donc, vieille bête !

FIÉVROTTE

Ce n'est pas moi, c'est la tartine, elle est trop grande pour une bouche si petite.

AGATHE

Vieillerie ! Peau de lapin !

FIÉVROTTE

Oh ! Des guêpes te survolent.

AGATHE

Des quoi ?

FIÉVROTTE

Des guêpes, une me pique, sur ma vieille peau elle sera déçue, pas sur la tienne.

Agathe

Où ça ? Où ça ?

Fiévrotte

Finis donc cette tartine.

Agathe

Arrête donc !

Fiévrotte

Regarde, elles sont là devant toi.

Agathe

Je ne vois rien.

Fiévrotte

Regarde mieux.

Agathe

Rien, il n'y a rien, je te dis !

Fiévrotte sort une aiguille à tricoter et lui pique le derrière.

AGATHE

Aïe !

FIÉVROTTE

Celle-là était sous ma jupe !

Elle recouvre Agathe d'une couverture. Vite ! cache-toi sous cette couverture. Écoute, le jardin bourdonne. Bzzz, bzzz ! Là, sous la porte, bzz, bzz ! il en vient aussi.

AGATHE

(Sous la couverture) Elles n'ont pas le droit.

FIÉVROTTE

Tu as raison, c'est ce que je leur dis.

Coups d'aiguille.

(À elle-même) Ça soulage.

AGATHE

Aïe ! Aïe ! Partez, partez !

FIÉVROTTE

Trop tard, il en pleut. Bzzz, bzzz, bzzz !

Écrase-toi comme la flaque, le paillasson, l'image bien sage.

(À elle-même) Enfin !

Bzzz, bzzz !

AGATHE

Je m'écrase, Fiévrotte, je m'écrase.

FIÉVROTTE

Mieux que ça.

(À elle-même) Drôles de façons pour une dame de mon âge ? D'accord. C'est que la fleurette m'a prise par le mauvais vent ! Doit-on se recroqueviller et laisser faire ? Chibre-non !

(À Agathe) En voilà des terribles, bzzz, bzzz, bzzz ! Elles nous cernent, chibreli, chibrela ! Bzzz, bzzz ! Ne la piquez pas trop, la pauvrette n'est pas si méchante. Bzzz, bzzz ! En voilà une armée posée sur ta couverture !

Cette fois, Fiévrotte s'est armée d'un bâton.

Préviens ton croupion, poulette, les coups

vont pleuvoir. J'attaque, bzzz, bzzz, bzzz, bzzz ! Elles contre-attaquent, pan, pan, bzzz, bzzz, pan, pan, bzzz, pan, pan, pan, pan, se jouent de mon bâton.

(À elle-même) Chibreli, chibrela ! quelle fête ! Bzzz, bzzz, pan !

AGATHE

Elle sort la tête. Tu dis : « quelle fête » ?

FIÉVROTTE

Non, quelle tête !

(À elle-même) Ah ! je ne sais pas parler aux enfants, eh bien j'apprends ! Mieux vaut aujourd'hui que trop tard !

AGATHE

(Petite voix) Y en a-t-il d'autres ?

FIÉVROTTE

(Essoufflée) Non... Et puis si. Si tu voyais ça ! J'en vois des... caracoleuses friponnes, bzzz, bzzz, pan !

AGATHE

Est-ce tout ?

FIÉVROTTE

Ne bouge pas, je cherche. J'en flaire des bouffonnes. Tiens ! une rusée plafonne, une autre rêvasse. Gare à ta croupe, tête de mule !

AGATHE

Elle sort la tête. Des guêpes à tête de mule, c'est rare !

FIÉVROTTE

Elle frappe à nouveau. Agathe rentre la tête.

Cache-toi et fais silence, elles guettent, bzzz, bzzz, pan, pan et pan et rataplan !

(À elle-même) Le vieux volcan s'est réveillé. Hé ! hé ! Fiévrotte, tu ne manques pas d'idées pour une antiquité !

Elle rit.

AGATHE

Est-ce fini ?

FIÉVROTTE

Faut voir, peut-être qu'elles rusent ?

Une boiteuse s'envole.

Une sanguine se cache dans les replis du vent.

(À elle-même) Je dis n'importe quoi !

Une coquine s'étire.

Elle s'étouffe de rire.

AGATHE

Elle sort la tête et découvre la supercherie.

Oh ! Oh !... Les guêpes, c'est Fiévrotte. Elle me torchonne de confiture, invente des guêpes, me roue de coups ! Affreuse bonne femme ! Je te couperai la tête !

Elle saisit de grands ciseaux.

FIÉVROTTE

Holà ! Te voilà de bonnes couleurs et bien armée.

AGATHE

Je vais te couper les ailes.

FIÉVROTTE

Et moi, le bec! Ah! chibreli! Je vois que ma ruse ne t'a guère changée.

AGATHE

Je te ferai du mal, ça oui.

FIÉVROTTE

C'est que je ne sais pas comment m'y prendre avec toi. Si ta mère comprenait, au moins.

AGATHE

Elle la suit avec les ciseaux. Ma mère? Sais-tu des choses sur elle?

FIÉVROTTE

Je sais que malgré tout ça, elle se croit la meilleure pour toi.

AGATHE

Ah! oui. Alors pourquoi tous ces secrets et ce chapeau pointu qu'elle ne quitte pas?

FIÉVROTTE

C'est son affaire, pas la mienne.

(À elle-même) À flairer partout, la demoiselle a dû dénicher quelque mystère et moi qui ai promis à Madame... Ah! peste des mamans qui n'en sont pas!

(À Agathe) J'ai à faire au jardin, donne-moi ces ciseaux.

AGATHE

Tu fuis comme la rivière, Fiévrotte.

FIÉVROTTE

Chibreli, chibrela! Je dois battre le beurre, ramasser les noix et surveiller le pot-au-feu avant qu'il ne grogne!

AGATHE

Regarde mon visage.

FIÉVROTTE

Je le vois bien, allez!

AGATHE

Il a changé !

FIÉVROTTE

Le mien aussi !

AGATHE

Celui de maman ne vieillit jamais. Ça te paraît normal ?

FIÉVROTTE

...

AGATHE

Ce n'est pas une maman, c'est une fée. Et moi, qu'est-ce que je suis ? Un lapin noir ?

FIÉVROTTE

Allez donc répondre à ça !

AGATHE

Es-tu muette ?

FIÉVROTTE

Je suis vieille, ne me pousse pas trop.

AGATHE

Tu n'es rien pour moi.

FIÉVROTTE

Pauvre mignonne, je ne pleurerai pas devant toi. Pas d'amour, pas de larmes.

AGATHE

Cacadi, cacadoi ! Est-ce que l'on m'aime, moi ?

FIÉVROTTE

Autant aimer une bassine.

Elles s'observent, puis Agathe tire lentement la langue, et fait un pied de nez.

Tu dois être bien malheureuse, petite fille.

Elle sort.

La nuit est tombée, à nouveau la lune, à nouveau les ombres, puis le chant du coq. Le jour.

ACTE V

Scène 1

FIÉVROTTE - LE MARCHAND

Entre Fiévrotte. Elle s'approche lentement d'une armoire, la contemple, hésite à l'ouvrir.

FIÉVROTTE

Il te faut partir, Fiévrotte. Une nourrice sans larmes perd son emploi.

On frappe à la porte. Préoccupée, elle n'ouvre pas.

On frappe à nouveau, entre le marchand.

LE MARCHAND

Bien le bonjour, Madame Fiévrotte!

Elle ouvre l'armoire ...

Pas un mot, ce matin. Quand je dis : « bien le bonjour », c'est à l'autre de parler.

FIÉVROTTE

Pas aujourd'hui.

LE MARCHAND

Le silence endort les bonnes affaires !

FIÉVROTTE

Ne les réveille pas.

Elle a sorti un manteau qu'elle contemple.

LE MARCHAND

Un petit bonjour tout de même.

FIÉVROTTE

Elle sort un vieux sac. Un au revoir serait plus juste. Il faudra t'y habituer.

LE MARCHAND

Il y a des jours comme ça. Bon. Bon. On

commence par l'au revoir et on finit par le bonjour. C'est pas ordinaire, sûr, mais ça me va.

FIÉVROTTE

Chibreli ! À l'endroit ou à l'envers, il faut que tu chantes. Tu as autant de paroles que de bazar à vendre.

LE MARCHAND

Eh ! oui. Les mots, je les dis toujours, c'est la musique du marchand. Tout de même ! me voilà rassuré, vous parlez. J'ai cru un instant derrière la porte...

FIÉVROTTE

Je te parle et je ne te parle pas. Je suis là et je ne suis pas là. Tu parles à un souvenir.

LE MARCHAND

Derrière ou devant la porte ? Vous m'inquiétez, ma bonne... Bon... Bah ! ça me convient encore. Je parlerai à un souvenir.

Elle enfile le manteau avec difficulté…

Mais je vois bien ce que je vois, vous êtes encore là devant moi à enfiler un manteau.

FIÉVROTTE

(Affairée à son habillage) Cette maison n'a plus besoin de moi ! Je pars !

LE MARCHAND

Ah ! c'est donc ça. Alors vous détalez comme un jeune lapin. Tout de même ! détaler de cette façon, c'est bien drôle. À votre âge, les nerfs se posent, pèsent le pour et le contre.

FIÉVROTTE

Ne me parle plus de lapin ! surtout plus !

LE MARCHAND

Aujourd'hui, c'était des petits cochons et

un lot de casseroles avec des recettes de sauces écrites dans le fond.

FIÉVROTTE

Ça m'est égal ! À quatre pattes ou en sauce, tout ce que je dis, chibreli ! tout ce que je fais, chibrela ! n'est que pipi de chat !

Elle parle à son manteau.

Mieux vaux partir que de s'empêtrer dans toutes ces embrouilles. Allons, vieille peau, ne grimace pas, nos tailles se retrouveront bien un jour. Un tissu s'élargit mieux qu'un caractère !

LE MARCHAND

(À lui-même) Je vois bien qu'elle n'écoute rien.

FIÉVROTTE

Madame comprendra. Madame a du savoir-faire. Elle engagera un dompteur pour son affreuse bête de fille.

LE MARCHAND

C'est bien triste ce que je vous entends dire là, bien triste. Mais vous voir parler à cette vieille relique, ça me désole, je vous dirais même, ça m'agace. Un manteau n'écoute que les armoires.

FIÉVROTTE

Chibreli ! je suis entrée dans cette maison avec lui, avec lui je repars.

LE MARCHAND

Il est démodé.

FIÉVROTTE

Moi aussi, mais lui ne me le reproche pas, voilà ! Et puis... et puis, tu m'encombres l'humeur...

Ce qui s'envole quelquefois, aucun marchand ne le vend, et surtout pas toi, sac à bla-bla.

LE MARCHAND

Madame Fiévrotte, aujourd'hui, je ne vous vendrai rien.

FIÉVROTTE

(À son manteau) Tu vois, il a compris !

LE MARCHAND

Mais un bon marchand n'abandonne pas sa cliente.

FIÉVROTTE

Il n'a pas compris !

LE MARCHAND

J'ai toujours dans le fond de mon sac un petit peu de bon sens pour ceux qui tricotent à l'envers. Comme vous aujourd'hui, je crois. Oh ! ça n'est pas grand-chose, pas coûteux, des mots, rien que des mots. Mais quelquefois...

FIÉVROTTE

(À son manteau) Où m'emmène-t-il encore ?

LE MARCHAND

Je vous aime bien, Madame Fiévrotte. Oh ! ça oui ! Le saviez-vous au moins ?

FIÉVROTTE

Économise tes pommades, vieux merle, et parle à mon manteau, nous sommes de sortie.

LE MARCHAND

Bonne idée ! Bon, je lui parlerai, mais oui ! *(Au manteau)* Que pense-t-il de tout cela, ce drôle de compagnon ? Réponds… mes oreilles t'attendent, je t'écoute… Il n'est pas bavard.

FIÉVROTTE

Chibreli ! Cesse ta comédie !

LE MARCHAND

Parle donc… Es-tu bien satisfait de partir ?

FIÉVROTTE

Tu es trop curieux. Il ne te répondra pas, il ne connaît que moi.

LE MARCHAND

Ressaisissez-vous, chère Madame ! Il ne

connaît personne ! Ce manteau n'est qu'un sac de poils, un emballage sans conversation et vous faites l'enfant à lui parler de la sorte.

FIÉVROTTE

(Décontenancée) Il me réchauffe au moins.

LE MARCHAND

Rien du tout ! Dans ce manteau se cache une bonne femme qui prend la fuite ! Le cœur aime trop, il a chaud, il a froid, et la tête s'affole, voilà ! Voilà ce que je dis !

FIÉVROTTE

Je ne supporte plus les marchands de lapins. File avec tes fonds de sac !

LE MARCHAND

Je file, je file, mais pensez-y, mieux vaut vendre des lapins, ma bonne Fiévrotte, que des terriers pour s'y cacher !

FIÉVROTTE

Ah! nous y voilà, moi, je me cacherais, moi! Me prends-tu pour une souche qui s'abandonne au grand froid? Me cacher, moi! Et où ça, vieux bec?

Dans ce manteau peut-être? C'est ça, chibreli! Et qui te dit... qui te dit... qui te dit que je suis d'accord avec lui? Ah! et puis va parler à tes sauces, marchand de leçons!

LE MARCHAND

Un cadeau de la maison, Madame Fiévrotte, rien de plus. Mon sac est vide et vos idées ressaisies. Ça me fait bien plaisir.

FIÉVROTTE

Ah! toi. Ah! toi!

LE MARCHAND

Rangez-donc ce manteau.

FIÉVROTTE

Oh!

LE MARCHAND

Mais si vraiment vous deviez partir, je vous vendrais un peu de fourrure pour le col. Au revoir, Madame Fiévrotte.

Il sort.

Fiévrotte hésite, puis lentement retire son manteau, ouvre l'armoire ; entendant Agathe, elle se cache à l'intérieur.

Scène 2

AGATHE - FIÉVROTTE

Entre Agathe avec le coffre.

AGATHE

Cacadi, cacadoi ! Je l'ai. Il était bien caché, mais je l'ai. Il n'est pas très beau.

Elle le contemple. Que d'histoires pour une vulgaire boîte ! Le trou est là. Juste la place d'un doigt, le mien. Veux-tu entrer, petit doigt ?

Elle l'écoute. Je te glisse, un, deux, trois.
Elle s'arrête. J'ai peur, cacadi, cacadoi !
(À son doigt) Entre donc, peureux !
Elle glisse le doigt. (Un temps)

Ça ne chatouille même pas ! Avoir l'oreille

partout pour un secret comme ça, c'est bête! Il ne se passe rien! Bon, ça suffit, je te retire. Oh! Il est tout noir!

Fiévrotte est sortie de l'armoire.

Elle aperçoit le doigt noir.

FIÉVROTTE

Qu'as-tu à ton doigt?

AGATHE

Affolée. Rien, j'irai le passer sous l'eau.

Elle sort en courant.

FIÉVROTTE

Chibreli! Elle a déniché le coffre et glissé le doigt dans le trou! Malheureuse enfant! Malheureuse? Oui, malheureuse.

Elle ouvre la fenêtre et cache le coffre à l'extérieur.

Cachons-le, si la bonne fée revenait, Agathe serait punie et moi... Oh! moi... Tout de même! un tour pareil, c'est trop cruel. C'est une enfant après tout. Au bout d'un doigt noir, tout peut naître. Un serpent ! Un lézard ! Ah ! les fées et leurs mystères, quelle corvée !

Entre Agathe en courant.

AGATHE

L'eau du jardin ne mouille pas assez, je cours à la rivière.

Elle sort.

FIÉVROTTE

Le doigt est toujours noir. Que faire ? Depuis que Madame est tombée dans la vie des humains, je ne sais plus si je fais mal ou si je fais bien.

Entre Agathe.

AGATHE

La rivière s'est glacée en me voyant, je cours à la cascade.

Elle sort.

FIÉVROTTE

Chibreli ! Quel manège ! Tout s'agite, j'ai le tournis, la vie me secoue trop !

Entre Agathe.

Le doigt est toujours noir et moi je reste plantée. Faudrait qu'on me le dise, si je ne suis plus bonne à rien.

AGATHE

Dès qu'ils voient le doigt, les poissons fuient. Je cours au torrent.

Elle sort.

FIÉVROTTE

Elle se redresse pour partir. Le doigt est toujours noir. Maudit coffre, chibreli ! Un coffre ça attire les enfants, forcément.

Scène 3

LA FÉE - FIÉVROTTE - AGATHE

LA FÉE

Bonjour, Fiévrotte ! Vous ne m'attendiez plus ? Je suis folle de joie, tu t'en doutes.

FIÉVROTTE

Elle la scrute, l'observe de très près. Chibreli, chibrela ! La fée !

(À elle-même) Est-ce bien elle au moins ? À être trop abusée, la méfiance me gagne. Avez-vous une preuve ? Et prenez garde, je ne suis pas d'humeur à croire qu'il pleut quand il neige !

LA FÉE

Retire mon chapeau si tu veux être sûre.

FIÉVROTTE

Oh ! non ! pas l'armoire ! Que des crocs de mulot me poussent, mais pas l'armoire !

LA FÉE

Comme tu veux. Dis-moi, Agathe va-t-elle bien ?

FIÉVROTTE

(À elle-même) Elle craint de voir revenir Agathe avec le doigt noir...

LA FÉE

Tu ne réponds pas ?

FIÉVROTTE

Madame a vu, le blé pousse, il murmure bien cette année...

LA FÉE

Le blé !

FIÉVROTTE

Je voudrais être un champ, oui, je voudrais bien.

LA FÉE

Curieuse envie !

FIÉVROTTE

Il porte le blé une fois l'an. Moi, c'est tous les jours que je supporte cette mauvaise herbe d'Agathe.

LA FÉE

Agathe... une mauvaise herbe ! N'as-tu pas d'autres nouvelles ?

Entre Agathe.

FIÉVROTTE

Madame doit apprendre...

AGATHE

La mer se retire à mon approche.

LA FÉE

Mais non, je suis là. Bonjour, mon enfant !

FIÉVROTTE

(À elle-même) Le doigt est toujours noir.

LA FÉE

Accroche-toi à mon cou et embrasse-moi.

AGATHE

Voilà maman... Voilà... Suis-je bien accrochée?

(À Fiévrotte, bas) Si tu parles de mon doigt, je...

LA FÉE

Le fruit a bien mûri.

AGATHE

(À Fiévrotte derrière le dos de sa maman qu'elle embrasse) Il faudra que je le passe au papier de verre.

FIÉVROTTE

(À elle-même) Noir il est, noir il restera! Et le coffre! Madame doit savoir!

LA FÉE

Que dis-tu, Fiévrotte?

AGATHE

Elle est bizarre depuis quelques jours.

LA FÉE

Oui ! Elle me semble bien vive et toi, bien pâlotte. Serais-tu malade ?

AGATHE

...

FIÉVROTTE

Je voulais dire à Madame...

LA FÉE

Plus tard, je t'écouterai plus tard. Prépare-nous plutôt un repas. Nous allons colorer cette enfant. Je la trouve trop blanche.

FIÉVROTTE

(Bas) Sauf le doigt ! Oh ! là là là !
Je voulais dire à Madame...

LA FÉE

Ouvre aussi la fenêtre, qu'entrent quelques nuages.

FIÉVROTTE

Agacée, elle se dirige vers la fenêtre. Me laissera-t-elle parler ?

AGATHE

Des nuages, pourquoi ?

LA FÉE

Pour te parler du monde que j'ai visité, rien d'autre, et aussi de ce que j'y ai appris. Car il y a beaucoup à apprendre.

AGATHE

...

FIÉVROTTE

Madame m'écoutera-t-elle enfin ?

LA FÉE

Peut-on écouter l'estomac vide ? As-tu oublié ta spécialité, « la langue bien pendue, façon Fiévrotte » ? Aurais-tu oublié la recette ?

Nous perdrions beaucoup. Allez, aux fourneaux !

FIÉVROTTE

Je vois bien que Madame étouffe mes paroles sous un déluge d'extravagances.

LA FÉE

Assieds-toi donc, ma fille, et parlons.

AGATHE

M'asseoir ? Où ça ?

LA FÉE

En face de moi ! Te voilà toute déboussolée comme une girouette qui aurait perdu le vent.

Agathe cache son doigt noir sous la table.

Alors, qu'as-tu fait en mon absence ?

AGATHE

Ce que j'ai fait ?

LA FÉE

Ce que tu as fait !

AGATHE

Oooh... !

LA FÉE

Oui ?

AGATHE

J'ai...

LA FÉE

Tu as ?

AGATHE

Rien fait de mal, je vous l'assure.

LA FÉE

Mais encore ?

AGATHE

J'ai...

LA FÉE

Tu as?

AGATHE

Tout fait comme l'a voulu Madame Fiévrotte.

Fiévrotte est entrée avec une carafe et des verres.

LA FÉE

Bien. Mais d'où lui vient alors ce pli sur le front et ces pincements autour de ton nez? L'un et l'autre n'existaient pas avant mon départ.

FIÉVROTTE

On m'attend en cuisine.

Elle sort.

LA FÉE

Elle file à nouveau.

AGATHE

Je pourrais la suivre et mettre le couvert.

(Courte apparition de Fiévrotte)

FIÉVROTTE

Non!

LA FÉE

Elle gèle?

AGATHE

Quoi, maman?

LA FÉE

Ta langue!

AGATHE

Un bouton pousse, oh! très petit, presque invisible.

Elle sort son doigt noir pour montrer le bouton mais le recache aussitôt.

LA FÉE

Voilà pourquoi tu es moins bavarde.

AGATHE

Voilà.

LA FÉE

C'est étrange, je visite le monde et tout ce qui m'étonne se trouve dans cette maison.

AGATHE

Et ce n'est pas tout. Les tartines de confiture de Fiévrotte, il y en a trop. Après, ça colle. La bouche bloque !

LA FÉE

La bouche bloque ! C'est gênant pour me dire ce que tu as fait.

AGATHE

C'est comme vous le dites, maman.

LA FÉE

Me parler est donc un gros effort, c'est ça ?

AGATHE

Oui.

LA FÉE

Oui, oui, oui.

AGATHE

Les nuages se rapprochent, pourquoi ?

LA FÉE

Qu'as-tu à craindre ? Ils flânent, comme ta langue ! Qu'as-tu fait ?

AGATHE

Rien de mal, je vous l'ai déjà dit.

LA FÉE

Qui te parle de mal, ce sont les bonnes actions qui m'intéressent.

Entre Fiévrotte.

AGATHE

J'ai fait une coiffe pour Fiévrotte.

LA FÉE

Vous entendez, Agathe vous a préparé une surprise.

FIÉVROTTE

Elle renverse un plat. Encore !

LA FÉE

Êtes-vous devenue maladroite ?

FIÉVROTTE

Mes mains sont humides et les couverts glissent, c'est… à cause des nuages.

LA FÉE

Êtes-vous folles toutes les deux à me parler du ciel sans cesse ?

FIÉVROTTE

Et pourquoi non ? Madame nous a chauffé la tête avec sa magie. Je sens bien, moi, que le ciel change d'humeur. Mon orteil redresse, c'est un signe.

(À elle-même) Qu'a-t-elle encore inventé avec ces nuages ? Et ce coffre caché dans les salades !

LA FÉE

Tu t'emballes sans savoir.

FIÉVROTTE

(À elle-même) Les fées au musée !

LA FÉE

Que dis-tu, Fiévrotte ?

FIÉVROTTE

Rien, je parle... du poil de mes lapins, ils frisent ! Et ne m'interrompez pas toujours, j'ai à faire. À moins que Madame veuille m'entendre enfin ?

LA FÉE

Ce que tu as à me dire viendra en son temps.

FIÉVROTTE

En son temps... oui... il est venu, je crois.

Résignée, elle sort.

AGATHE

Elle désigne un nuage et cache aussitôt son doigt.

Celui-là a un drôle d'air, vous ne trouvez pas, maman ?

LA FÉE

Ça le regarde ! Oublie ces nuages, veux-tu ? Mangeons.

AGATHE

J'ai le cœur barbouillé... l'émotion de vous voir, peut-être.

LA FÉE

C'est le cœur joyeux que tu devrais avoir. Fais au moins ce que Fiévrotte t'a appris.

AGATHE

Quoi ? Je ne me souviens de rien.

LA FÉE

Quel dommage. Place tes deux mains sur la table.

FIÉVROTTE

Elle a quitté son tablier, se dirige vers l'armoire, sort la valise et enfile son manteau.

Je viens dire adieu à Madame et à la demoiselle. Le temps est venu pour moi de quitter les pantoufles pour les croquenots de montagne.

(À Agathe) Tends-moi la main que je la serre et la joue que je l'embrasse un peu.

AGATHE

La joue, oui, la main, je ne peux pas.

LA FÉE

Entêtée. La main bloquerait donc aussi comme la bouche ?

FIÉVROTTE

(À Agathe) J'ai acheté le dos et la conversation d'une vieille mule. Donne-moi la main, je t'abandonnerai volontiers quelques pièces. Peut-on se quitter sans souvenirs ?

AGATHE

Ma main, toujours ma main. Ce n'est pas possible, tu le sais bien, et puis garde tes pièces, tu es plus pauvre que moi.

FIÉVROTTE

Bah! bah! ma mule et moi, on ne se coûtera guère l'une et l'autre. Du pain, des patates et quelques herbes que je récolterai pour guérir les maladies des vieilles bêtes. Ces pièces sont pour toi, tends la main sans crainte.

AGATHE

J'ai pas envie.

FIÉVROTTE

Je ne voulais pas te faire souffrir, mais te dire au revoir.

Ce qui est fait est fait, tant pis pour nous! Si tu le veux ainsi, je n'insiste pas. Garde tout, ta main et le reste, les nuages de Madame m'escorteront.

LA FÉE

Enfin, Fiévrotte, on ne part pas comme ça, sans prévenir, sur le dos d'une mule, avec l'hiver qui vient.

FIÉVROTTE

La pluie mouille moins à mon âge.

LA FÉE

Voilà bien des sornettes, Madame Fiévrotte, une mule !

FIÉVROTTE

Madame préférerait que je m'envole sur une armoire pour y croupir jusqu'à ce que la mort vienne ?

LA FÉE

Cesse de faire la bête !

FIÉVROTTE

Oui, je fais la bête, chibreli, chibrela ! Je

pars parce que je ne sais qu'aimer les enfants. S'ils ne vous aiment plus, le plus sage est de partir. Et puis, et puis… ce mauvais ciel est un mauvais tour que Madame joue à sa fille pour ne pas s'avouer que s'il devait tomber, ce devrait être sur la tête de Madame. Voilà la fessée que vous devriez recevoir ! Madame sème du vent dans l'esprit de cette enfant et en appelle à l'orage pour nous donner le change. Madame est nulle !

LA FÉE

Tu es un bon avocat, Fiévrotte, Agathe a bien de la chance.

(À Agathe) Place tes deux mains sur la table.

AGATHE

Sur la table !

LA FÉE

Oui.

AGATHE

Mes deux mains !

LA FÉE

Je viens de te le dire. Est-ce si difficile ?

FIÉVROTTE

Ne la tourmentez plus. J'ai tout dit, je pars.

LA FÉE

Pas encore, reste. J'insiste, Agathe.

AGATHE

Maman, une seule et vous seriez contente ?

LA FÉE

Je ne serais contente qu'à moitié !

AGATHE

Oh ! là là !

LA FÉE

En voilà assez ! Cette fois, tu me fâches pour de bon !

AGATHE

Pour de bon, vraiment?

Elle pose ses deux mains sur la table et cache celle de droite sous la nappe. Voilà.

LA FÉE

Sur la nappe… pas sous la nappe.

AGATHE

C'est qu'elle doit avoir froid, je suis si pâle.

LA FÉE

Alors mets ta main dans la mienne, je la réchaufferai.

Agathe tend la main gauche.

Pas celle-là, l'autre.

Agathe sort la main droite.

Je m'en doutais, le doigt est noir.

FIÉVROTTE

Un accident, rien d'autre.

LA FÉE

Ne vous donnez pas tant de peine, Madame Fiévrotte. Quant à toi, ne me dis pas que tu as pincé ton doigt avec un bigoudi ! Tes imaginations à nous tromper suffisent !

AGATHE

Que voulez-vous dire ?

LA FÉE

Tu as glissé ton doigt dans le coffre, voilà ce que je dis ! Ce coffre que Fiévrotte a caché dans les salades derrière la fenêtre.

Agathe se lève, se tourne vers la fenêtre. Les nuages éclatent. L'orage.

Une trombe d'eau inonde Agathe.

AGATHE

Au secours ! Je ne veux pas mourir toute seule !

FIÉVROTTE

Elle pose sa valise et se précipite vers Agathe.

En voilà des idées, bécasse ! Madame a-t-elle fini de jouer avec la vie des braves gens ? Pauvre enfant ! Moi aussi, je crains la solitude.

LA FÉE

Ne prends pas ton air de chien battu, Fiévrotte, cet orage est naturel. J'ai peut-être abusé de la coïncidence, mais je ne suis plus une fée, j'ai abandonné mes pouvoirs sans regrets, Fiévrotte, depuis longtemps.

AGATHE

Fiévrotte ! Fiévrotte !

FIÉVROTTE

La demoiselle tremble. Regardez-moi ce chaton mouillé ! Faites quelque chose !

LA FÉE

Que faire d'autre sinon la frictionner tendrement, comme tu as toujours voulu que je fasse.

Elle assoit Agathe sur ses genoux et la frictionne. Apprends que je n'ignorais rien des mauvaises actions de ma fille, ni de l'apprentissage difficile de sa drôle de maman. Alors, je suis partie en voyage sur le pommier, juste en face de la maison. J'ai tout vu, chère Fiévrotte.

FIÉVROTTE

La pie qui se tordait le cou pour mieux voir, c'était vous ?

LA FÉE

Pas la pie ! mais la maman qui se serait volontiers tordu le cou de ne pas avoir vu plus tôt ce qui se passait dans le nid d'en face.

AGATHE

Et moi ?

FIÉVROTTE

Madame me racontera ça plus tard.

D'abord la demoiselle... et cette fenêtre ouverte à tous les vents !

Elle s'approche de la fenêtre.

AGATHE

Tu m'aimes donc à ce point, Fiévrotte ? Toute mouillée et avec mon doigt noir ?

LA FÉE

Il ne l'est plus.

FIÉVROTTE

Il y a des fleurs dans mes salades et plus de coffre, chibreli ! Si, un petit tas de bois !

AGATHE

Mon doigt ! Mon doigt ! Regarde-le, Fiévrotte.

FIÉVROTTE

Mais oui, je le vois et elle s'agite ! Elle s'agite ! Gigote moins, sinon je frictionne le vide. Bien sûr que je t'aime. Lève les bras... plus haut, grande tige!... Tourne un peu. Si je l'aime, chibreli! Ouvre la bouche, n'as-tu pas avalé d'eau, sinon il me faudra siphonner... et sans rouspétance! Si je l'aime!...

LA FÉE

Embrasse-moi, Agathe.

Agathe embrasse sa maman.

À mon tour.

La maman embrasse Agathe.

C'est mon premier baiser de vraie maman!

FIÉVROTTE

C'est ma foi vrai, chibrela!

LA FÉE

Retirez vos gants, Madame Fiévrotte. Nous allons partager ce repas.

FIÉVROTTE

Retirer mes gants...

LA FÉE

Dame ! Feriez-vous l'élégante, ma chère ? Assieds-toi et mangeons.

Elle retire son gant…

Mais votre doigt est noir !

FIÉVROTTE

Est-ce possible ?… À tricoter trop, l'aiguille aura mâchuré le doigt… Non, je l'aurai brûlé dans la cendre du poêle… Et puis non, je me disais qu'avec un doigt noir, moi aussi, la demoiselle se sentirait moins seule, voilà !

AGATHE

Oh ! Fiévrotte !

LA FÉE

Oh ! Fiévrotte ! Mon chapeau !

FIÉVROTTE

Quoi encore ?

LA FÉE

Le vent l'emporte. C'est la dernière fée qui s'envole !…

AGATHE

Et ma maman qui reste.

LA FÉE

Agathe !

On frappe à la porte.

FIÉVROTTE

Elle sort… puis revient.

Madame, c'est… c'est un marin avec un gros bouquet de tulipes. Il regarde ses pieds…

Elle sort et revient.

Avec la bouche en cœur !

LA FÉE

Un marin, mon marin !

(Fébrile, joyeuse) Suis-je jolie au moins, Agathe, dis-moi ?

AGATHE

Si c'est un papa, il a de la chance !

LA FÉE

Je ne peux pas le recevoir comme ça. Mon chapeau, où est mon chapeau ?

FIÉVROTTE - AGATHE

(Ensemble) Envolé !

AGATHE

Chibreli, chibrela !

Rires.